O segredo dos
UNICÓRNIOS

Editora Appris Ltda.
1.ª Edição - Copyright© 2022 da autora
Direitos de Edição Reservados à Editora Appris Ltda.

Nenhuma parte desta obra poderá ser utilizada indevidamente, sem estar de acordo com a Lei nº 9.610/98. Se incorreções forem encontradas, serão de exclusiva responsabilidade de seus organizadores. Foi realizado o Depósito Legal na Fundação Biblioteca Nacional, de acordo com as Leis n 10.994, de 14/12/2004, e 12.192, de 14/01/2010.

Catalogação na Fonte
Elaborado por: Josefina A. S. Guedes
Bibliotecária CRB 9/870

B732s 2022	Borges, Alice Losso
	    O segredo dos unicórnios / Alice Losso Borges. - 1. ed.
	Curitiba : Appris, 2022.
	    44 p. : il., color. ; 21 cm.
	
	    ISBN 978-65-250-2604-6
	
	    1. Literatura infanto juvenil. 2. Imaginação em crianças. I. Título.
	
	                                                              CDD – 028.5

Livro de acordo com a normalização técnica da ABNT

Appris
editora

Editora e Livraria Appris Ltda.
Av. Manoel Ribas, 2265 – Mercês
Curitiba/PR – CEP: 80810-002
Tel. (41) 3156 - 4731
www.editoraappris.com.br

Printed in Brazil
Impresso no Brasil

Alice Losso Borges

O segredo dos
UNICÓRNIOS

Appris
editora

FICHA TÉCNICA

EDITORIAL	Augusto V. de A. Coelho
	Marli Caetano
	Sara C. de Andrade Coelho
COMITÊ EDITORIAL	Andréa Barbosa Gouveia - UFPR
	Edmeire C. Pereira - UFPR
	Iraneide da Silva - UFC
	Jacques de Lima Ferreira - UP
ASSESSORIA EDITORIAL	Manuella Marquetti
REVISÃO	Manuella Marquetti
PRODUÇÃO EDITORIAL	Isabela Bastos
DIAGRAMAÇÃO	Daniela Baumguertner
CAPA	Gustavo Benatti
COMUNICAÇÃO	Carlos Eduardo Pereira
	Débora Nazário
	Karla Pipolo Olegário
LIVRARIAS E EVENTOS	Estevão Misael
GERÊNCIA DE FINANÇAS	Selma Maria Fernandes do Valle

PREFÁCIO

Toda criança é uma escritora.

Toda criança é uma desenhista.

Toda criança é uma artista, difícil é se manter artista depois de adulta.

O adulto criativo é a criança que sobreviveu.

Parabéns, Alice, pelo seu primeiro livro.

Que venham outras criações.

Marcos Piangers

Escritor. Já foi chamado de "guru" pelo portal UOL e "fenômeno da internet" pelo jornal O Globo. Já trabalhou na Rede Globo e coordenou equipes de inovação no sul do Brasil.

ERA UMA VEZ...

UM ARCO-ÍRIS MUITO BONITO E COLORIDO. A UNILÂNDIA, QUE É A ILHA DOS UNICÓRNIOS, TINHA SUA ENERGIA E CORES POR CAUSA DAQUELE ARCO-ÍRIS.

NA UNILÂNDIA EXISTIA UM UNICÓRNIO QUE NÃO PARECE CONFIÁVEL. SEU NOME É BARTOLOMEU E ELE PENSAVA QUE NINGUÉM GOSTAVA DELE NA UNILÂNDIA, POR ISSO ELE VIVIA ISOLADO E FICAVA CRIANDO SENTIMENTOS RUINS DENTRO DO SEU CORAÇÃO. ELE SE MUDOU PARA UM LUGAR REVERSO, LONGE DO REINO, ONDE TUDO ACONTECIA AO CONTRÁRIO, COMO A CHUVA QUE CAÍA PARA CIMA, POR EXEMPLO.

O BARTOLOMEU ESTAVA TÃO ISOLADO QUE COMEÇOU A FICAR MAU E SEU RABO COMEÇOU A FICAR PRETO.

ENTÃO, BARTOLOMEU DECIDIU BOLAR UM PLANO PARA TRAIR O REINO E, ASSIM, ROUBAR A ENERGIA E AS CORES DA UNILÂNDIA PARA ELE.

ENTÃO,
ELE FOI ATÉ O CASTELO DOS MAGOS ANTIGOS, ENTROU LÁ E PEGOU O LIVRO DE MAGIA SAGRADO.

SABENDO DO PLANO
DE BARTOLOMEU,
A UNILÂNDIA SE PREPAROU
PARA LUTAR CONTRA OS ATAQUES DE
BARTOLOMEU. O REINO DECIDIU QUE UMA
UNICÓRNIA DE CORAÇÃO PURO IRIA RECEBER
TODO O PODER DA UNILÂNDIA PARA FAZER
UMA BARREIRA CONTRA OS ATAQUES. ESSA
UNICÓRNIA ERA CONHECIDA COMO MIA NO
REINO, MAS SEU VERDADEIRO NOME É STAR.

ENTÃO TODOS
DO REINO FORAM PARA
DEBAIXO DO ARCO-ÍRIS
OFERECER OS SEUS PODERES
PARA A UNICÓRNIA STAR.

POR CAUSA DISSO, BARTOLOMEU VIVEU ISOLADO DO REINO E NINGUÉM O RECONHECIA.

ELA TAMBÉM VIU
QUE BARTOLOMEU TEM
A MESMA MARCA DE
NASCENÇA QUE A DELA, QUE
É UMA ESTRELA.

LOGO QUE BARTOLOMEU
E STAR SE OLHARAM,
OS DOIS TIVERAM UMA CONEXÃO
IMEDIATA DE IRMÃOS E, COMO
MÁGICA, PUDERAM VER O QUE
TINHA ACONTECIDO NO DIA EM QUE
FORAM SEPARADOS PELO DRAGÃO
QUE QUERIA DESTRUIR A UNILÂNDIA
DESDE O PRINCÍPIO.

– ISSO ERA O QUE ELES PENSAVAM!!

SOBRE A AUTORA

Alice Losso Borges nasceu na cidade de Curitiba, em um dia nublado e frio de 26 de junho de 2015. A despeito disso, desde muito cedo decidiu fazer sua realidade colorida e criativa. Cheia de sonhos, aprendeu a ler e a escrever com menos de 5 anos, em casa, durante a pandemia do coronavírus. Entre as paredes do seu apartamento, e sob os olhos atentos da sua fiel companheira, a cachorrinha Léia, deu asas à sua imaginação. Sob os carinhos e o incentivo da família e da sua professora Michele, escreveu e pintou o mundo colorido que habitava dentro dela. A família então decidiu compartilhar esse sonho com todas as crianças e assim surgiu o primeiro livro da Alice.